LE PIRATE COUVE LA GRIPPE

d'Amélie Cantin
illustré par Sophie Leibrandt et Michel Tarride

CHAPITRE 1

La main appuyée sur la proue grimaçante du *Tête-noire*, les sourcils froncés, Stéphane le Pirate scrute intensément l'horizon à l'aide de sa longue-vue. Soudain la voix de la vigie retentit :

– Une voile droit devant ! C'est l'*Émilie* !

Stéphane le Pirate replie sa longue-vue et la met dans la poche de son manteau rouge sang. Un sourire cruel éclaire son visage tanné par la mer et le vent du large. Il lance d'une voix féroce :

– Foncez droit sur lui et hissez le pavillon rouge !

Le pavillon rouge… le pavillon sans quartier : la bataille sera sanglante. En un instant les ordres sont exécutés, et bientôt le pavillon rouge flotte aux côtés du pavillon noir à tête de mort, symbole des pirates.
Un cliquetis sinistre se fait entendre.

Stéphane se retourne et regarde ses pirates d'un air satisfait : ils affûtent leurs armes en prévision du massacre.

– Et n'oubliez pas, mes amis, je veux le capitaine vivant. Il paiera pour tout ce qu'il m'a fait subir.

Un rire méchant et sans pitié lui répond. Le rire de SES pirates. Car ce sont bien SES pirates, ces hommes à la mine patibulaire qui préparent leurs armes avec tant de soin. Il y a John les Mains rouges, avec son énorme balafre sur la joue droite et sa jambe de bois ; Têtenfer, qui porte dix-huit boucles à la même oreille ; Barbecue le cuistot, qui embroche aussi bien les ennemis qu'il fait les brochettes ; Naqu'unœil, sans doute le plus cruel de tous, qui a perdu

l'œil gauche en se battant contre le capitaine Crochet ; puis viennent Dendor, La Flibuste et Barbenoire ! Et ils sont tous sous ses ordres à lui, Stéphane le Pirate, dont le seul nom fait trembler toutes les mers du Sud. Les deux vaisseaux sont maintenant côte à côte ; dans un instant, ce sera l'abordage…

– À l'abordage !

PLONK

CHAPITRE 2

Les féroces flibustiers de Stéphane le Sanguinaire ont lancé les grappins. À bord de l'*Émilie*, c'est la panique. Stéphane saute sur le bateau le premier en poussant un hurlement sauvage. Son sabre fend l'air, vole, déchire, découpe, embroche, entaille, balafre ; on dirait qu'il est partout à la fois. Un, deux, trois, quatre hommes tombent à la pointe de son arme.

Partout sur le bateau, ce ne sont plus que des cris de terreur et de rage qui se mêlent aux vociférations farouches des forbans du *Tête-noire*.

Que se passe-t-il là-bas ? Naqu'unœil, son fidèle second, est en difficulté !
En trois bonds Stéphane l'a rejoint. Le sabre entre les dents, il se jette sur le dos de l'agresseur et lui décoche un solide coup de genou dans les côtes. Mais un autre matelot de l'*Émilie* arrive sur lui épée au poing, Stéphane l'esquive et, emporté par sa course, le matelot est projeté par-dessus bord.

– Il sera mangé par les requins ! lance Stéphane d'une voix cruelle.

Mais vite ! un autre matelot de l'*Émilie* se jette sur lui... D'un vigoureux coup de sabre, Stéphane lui tranche le nez, il se retourne, en embroche deux autres et en décapite encore un, mais... zut, que se passe-t-il ? Stéphane est empêtré dans le drap... euh, dans la voile ! Tout à coup, à l'autre bout du bateau...

– Au secours, matelots, à moi, venez sauver la vie de votre capitaine !

Aucun doute possible, c'est bien la voix du capitaine Thomas. Ah, il crie au secours, ce lâche ! Il va voir ce qu'il va voir !

Le capitaine Thomas est encerclé par Dendor, La Flibuste et Barbecue qui le tiennent au bout de leurs sabres, il ne peut plus faire un mouvement. Stéphane le Sanguinaire approche doucement.

– Sais-tu qui je suis, lâche parmi les lâches ? Le capitaine Thomas tremble comme une feuille, c'est tout à fait risible !

– Oui, je… je sais… tu es Sté… Stéphane le Pirate !

– Bien vu, Thomas ! Et tu es à ma merci. Tous tes hommes sont morts et nous n'allons pas tarder à te jeter à la mer pour nourrir les requins, ah ! ah ! ah ! ah !

– Pitié Stéphane, pitié, laisse-moi la vie, je ferai tout ce que tu voudras, je… je te prêterai mon VTT…

– Tais-toi, imbécile, je suis Stéphane le Pirate, celui dont le seul nom fait trembler toutes les mers du Sud, que veux-tu que je fasse de ton VTT pourri ?
– Mais…
– Je t'ai dit de te taire, tu m'empêches de réfléchir à la façon dont je vais te tuer !
Stéphane attrape la bouteille de rhum que lui tend Naqu'unœil. Il en boit une rasade et jette la bouteille par terre.
Il s'essuie la bouche du revers de la manche de son manteau écarlate.
– J'ai trouvé ! On va lui faire subir le supplice de la planche ! Qu'en pensez-vous, les gars ?
Tous les pirates répondent par un éclat de rire sadique. Apparemment cette idée leur plaît.
Et même beaucoup.
– Non ! pas… pas la planche, pitié ! hurle Thomas. Si vous me laissez la vie, je vous dirai où se cache ma prisonnière !

Chapitre 3

Les pirates ne rient plus. La voix de Stéphane le Pirate brise enfin ce lourd silence :

– Ta prisonnière ? Tu as une prisonnière ? Où est-elle ? Dis-le immédiatement ou je te tranche la tête sur-le-champ !

– Elle… Elle est… dans ma cabine, avoue le capitaine Thomas.

Stéphane se précipite vers la cabine. D'un coup de pied, il défonce la porte, et découvre une magnifique jeune femme assise sur le lit, l'air effrayé.

– Qui êtes-vous ? articule-t-elle.

– Je suis Stéphane le Pirate, pour vous servir. Stéphane salue la jeune femme en se courbant très bas.

Il sait parfois très bien se tenir. La jeune femme ne répond pas.

– Je suis là pour vous délivrer. Puis-je connaître votre nom ?

– Je m'appelle Émilie et je vous préviens que je n'ai pas du tout l'intention de vous remercier.

– Ah bon ? Et pourquoi s'il vous plaît ?

Le ton de la jeune fille lui échauffe déjà les oreilles, mais, bizarrement, il n'arrive pas à se mettre en colère.

– Parce que je pense que vous êtes une brute !

D'habitude cette insulte le rend plutôt content, mais cette fois il se sent très malheureux.

Un drôle de sentiment lui étreint le cœur, et des phrases bizarres lui viennent aux lèvres sans qu'il le veuille vraiment. Il ne faut surtout pas qu'il les dise…

– Émilie, vous êtes si belle, je crois que je vous aime, voulez-vous être ma princesse ?

– Ah non, sûrement pas ! Du moins pas tant que vous continuerez à tuer tous ces gens !

Il faut absolument donner à cette fille une preuve d'amour… Que faire ?

– Suivez-moi, dit-il.

Stéphane attrape Émilie par la main et ils sortent sur le pont.

– Amenez-moi le prisonnier et apportez aussi un siège, pour Émilie.

Thomas, tremblant, est tiré jusqu'aux pieds de Stéphane et Émilie.

– Maintenant tu vas payer pour tout ce que tu m'as fait et pour tout ce que tu as fait à Émilie. Installez la planche !

Naqu'unœil et Têtenfer posent une longue planche en équilibre sur le bastingage et la bloquent avec une énorme barrique.

Les trois quarts de la planche tremblent au-dessus de la mer.
– Maintenant, Émilie, tu vas voir comment se comporte un vrai pirate. Toi, monte sur cette planche ! ajoute Stéphane en se tournant vers Thomas.
– Mais je vais tomber.
– J'y compte bien ! Allez, vas-y !

Chapitre 4

Les genoux flageolants, Thomas s'avance sur la planche. Il est vert de peur. Les vagues menaçantes lui lèchent le bout des pieds. Un requin tourne autour du bateau.

– Alors, sauras-tu mourir comme un homme ?

– Arrêtez ça !

C'est Émilie qui vient de crier. Stéphane, étonné, se tourne vers elle.

– Ben quoi ? Tu vas être débarrassée, comme ça !

– Si tu tues cet homme, ne compte pas sur moi pour devenir ta princesse un jour !

Au bout de la planche, Thomas tremble de plus en plus. Il est sur le point de tomber.
Stéphane réfléchit.
– Bon, très bien ! Naqu'unœil, va me chercher cette tête de méduse et enferme-le à fond de cale !
Puis il regarde Émilie.
– C'est mieux, comme ça ? Tu seras ma princesse, alors ?
– Non, non et non ! Je ne serai jamais la princesse d'un garçon nommé Stéphane

le Pirate ! Ou alors, tu dois me promettre de ne plus jamais tuer personne.
– Stéphane ! C'est maman, je suis rentrée.
Déjà ! Vite, il a juste le temps de remettre le bureau en place, de ramasser la bouteille de sirop, de jeter la robe de chambre rouge et de sauter dans le lit qui, pour le coup, est un vrai champ de bataille.
TOC, TOC, TOC !

Maman ouvre la porte.

– Ça va, mon chéri ?

– Mmmh mmmh.

Elle s'approche du lit et s'assoit sur la chaise qui est restée là (la chaise d'Émilie !)

– Tu ne t'es pas trop ennuyé, mon chéri ?

Elle lui passe sa main fraîche sur le front.

– Oh, tu es un peu chaud. Tu es un peu rouge aussi. Tu n'as pas trop mal à la gorge ?

Stéphane ne répond pas.

Un pirate ! Mal à la gorge !

– De toute façon, le docteur ne va pas tarder. Regarde ce que je t'ai apporté.

Elle lui tend un livre.

Stéphane jette un coup d'œil : *L'Île au trésor* de Stevenson.

– Tu sais, c'est une histoire de pirates, je sais que tu adores ça.

Stéphane le pose sur la table de chevet.

– C’est vrai, tu es encore trop fatigué pour lire, mon chéri. Ah, tiens, on sonne, ça doit être le docteur.

Maman sort de la chambre. Stéphane l’entend descendre les escaliers.

– Je parie que les pirates n’avaient pas de mère, se dit-il, et maintenant, je vais avoir droit au docteur !

– Chéri ! dit maman en revenant, elle a un drôle de sourire.

Chapitre 5

– Ce n'est pas le docteur…

Maman ouvre la porte plus grand, et derrière… Stéphane se sent rougir, la fièvre sûrement.

– Salut, Émilie.

– Salut, Stéphane, je suis venue t'apporter les devoirs pour que tu ne prennes pas trop de retard.

– Merci.

– Bon, eh bien, je vous laisse les enfants.

Et maman s'en va.

– Entre.

– Merci.

– Tu peux t’asseoir si tu veux.

– Merci, je peux prendre cette chaise ? demande Émilie.

– Oh oui, bien sûr !

– Tu es très malade ?

– Non pas trop, j’ai juste un peu mal à la gorge.

– Ah ! Tu veux que je te raconte ce qui s’est passé à l’école aujourd’hui ?

– Ouais, je veux bien.

– Eh bien, David a eu zéro en orthographe…

comme d'habitude. Et puis Sandrine s'est fait couper les cheveux, Thomas a cassé son VTT…

– Quoi ?

– Oui, tu aurais vu ça, il était en train de frimer dans la cour avec son vélo, alors que c'est interdit, et puis il fonçait comme un dingue et il est rentré dans les poubelles.

– C'est bien fait pour lui ! J'espère que Mme Beaulieu l'a puni.

– Pourquoi tu dis ça ? C'est pas très sympa !
– Pff ! il m'énerve, Thomas, il est toujours en train de frimer avec son VTT.
– Moi aussi, il m'énerve, mais n'empêche qu'il aurait pu se faire mal.
Stéphane réfléchit. Un bon pirate doit savoir utiliser son expérience.

– Ouais, tu as raison. Alors il n'a pas eu trop mal ?
– Non ça va, mais son VTT est fichu.
– Ah, c'est bête pour lui !
Ce n'est vraiment pas facile de faire plaisir aux filles !
Émilie sourit.

Ce n’est pas facile de faire plaisir aux filles, mais qu’est-ce que c’est agréable !

– Tiens, tu lis *L’Île au trésor* ?

Émilie a pris le livre qui était posé sur la table.

– Oui, j’adore les histoires de pirates, pas toi ?

– Si, j’adore… surtout quand les pirates sont courageux et qu’ils sauvent les princesses…

Loi 49.956 du 16.07.1949
Dépôt légal : 2e trimestre 1999
ISBN : 2-84113-856-9
Imprimé en France par Pollina - 76927-c